Pieniä tarinoita ja runoja

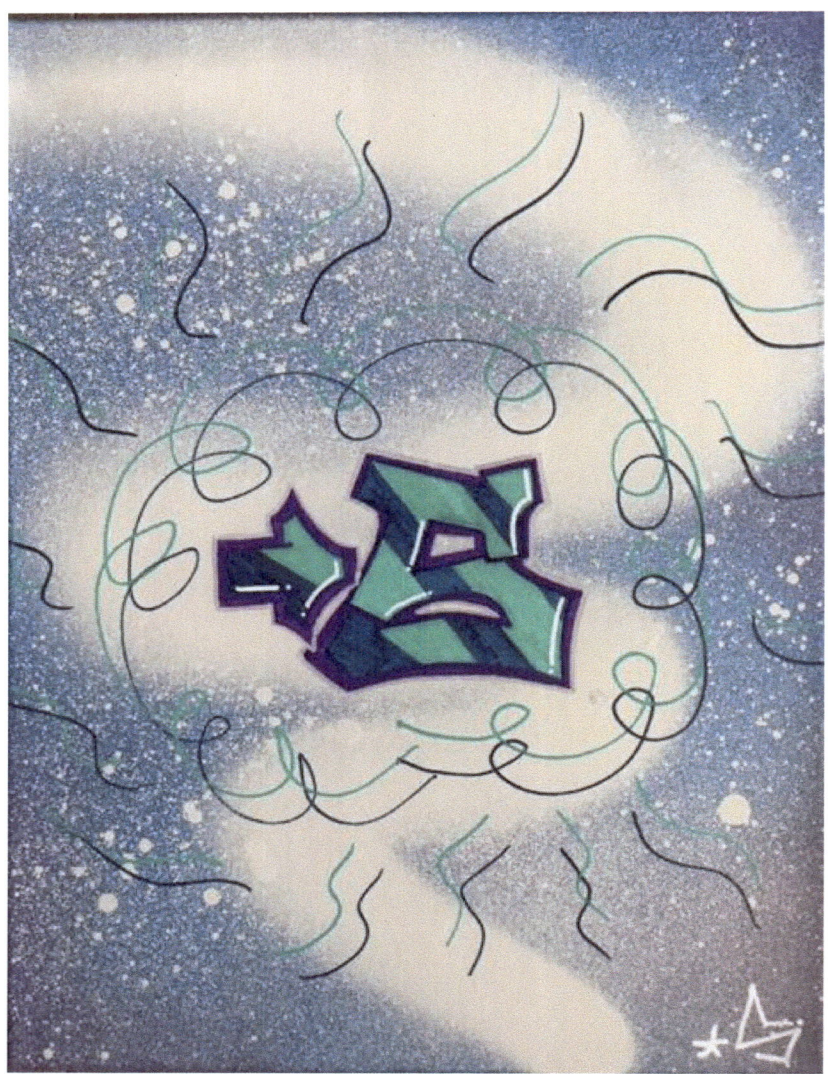

Aake Mustonen Graffiti 1, canvas 30 x 40 cm, 2021

Lukijalle

Pieniä tarinoita on kooste Hausjärven kunnankirjaston Melleriinit-kirjoitusryhmässä kirjoittamistani harjoituskirjoituksista vuosilta 2020–21.

Kirjoitusaikaa kullekin harjoitustekstille on 5–20 minuuttia. Aihe voi olla annettu sana, sanaluettelo, nimetty aihe tai keskustelusta virinnyt teema.

Kirjan kuvituksena olen käyttänyt tyttären pojan **Aake Mustosen** (s. 2007) graffiteja. Kangaspohjille maalatut nimettömät työt on numeroitu 1–10 ja ovat kooltaan 30x40 ja 40x30.

Kannen kuvassa on tuntemattoman tekijän graffiti luonnonkivelle, jonka olen kuvannut hausjärveläisellä hiekkamontulla.

Hausjärvellä marraskuussa 2021

Mauri Laakkonen

Tekstit: Mauri Laakkonen
Taitto: Mauri Laakkonen
Kirjan kuvitus: Aake Mustonen
Valokuvat ja kansi: Mauri Laakkonen

©2021Mauri Laakkonen
Kustantaja:BoD –Books on Demand, Helsinki,Suomi
Valmistaja:BoD –Books on Demand, Norderstedt, Saksa
ISBN: 978-952-80-6036-9

Mauri Laakkonen

Pieniä tarinoita

ja runoja

Uskon

USKON intuitioon ja sattumaan, onhan elämäni kulkenut niiden kautta varsin monivivahteisen polkunsa. Vaisto on käskenyt toimia, kun on ollut aika, tahto ei niinkään. Aina kun jotain oikein sydämeni pohjasta olen tahtonut, on se jäänyt saavuttamatta. Minusta tuli sattumien ajopuu, joka ennakoi, haistaa tilaisuutensa ja toimii. Ei rynnäten, vaan maltilla. Uskon, että olen myös kokemuksia kerännyt kelopuu, joka on kypsynyt hitaasti kovuuteensa ja kiitollisuuteen siitä, mitä elämä on tarjonnut. Myönteisyydestä on ollut hyötynsä, myös kilteydestä. Moni on epäillyt ja aliarvioinut kykyjäni, mutta avuillani olen päässyt kurkistamaan vallan kammareihin ja voinut todeta, että kuvitelmat ovat muuta kuin todellisuus.

Aake Mustonen Graffiti 2, canvas 30 x 40 cm, 2021

Mistä olen tullut

Syyskesällä 1949 piika ja renki ovat tosipaikan edessä. On käynyt suunniteltu vahinko. Tästä pian koko Raussilan kylä puhuisi. No toisaalta liekö väliä, ovat pestit elonkorjuun jälkeen katkolla ja pitää etsiä työtä muualta.

– Se on sitten mentävä avioon, toteaa piika, muusta ei edes keskustella.

Ja niin ostetaan kihlat. Helli sai Arvonsa ja Arvo kohtasi hellimmän.

Nurmijärven Palojoen kylässä on sopivasti avoinna paikka piialle ja rengille. Sinne nuoripari muuttaa navettahommiin ja metsätöihin.

Joulun kynnyksellä suunnataan Nurmijärven kirkon sakastiin, jossa rovasti sanoo aamen.

Talven selkä taittuu talon töissä ja piian vatsa pyöristyy. Rengin isä kirjoittaa, että Keski-Pohjanmaan kodissa vapautuu tilaa. Ja niinpä piika ja renki matkaavat Alavieskaan, jossa majoittuvat kolmen huoneen torpan kamariin.

8

Tuohon aikaan mökeissä asuttiin tiiviisti, nuoren parin lisäksi oli Antti-vaari, Arvon Risto-veli ja Kaarina-sisko, joka oli juuri täyttänyt yksitoista vuotta. Lisäksi kodin tiloja käyttivät Hautalaan avuksi päässyt Tarmo ja kodin ja maailman väliä ramppaava Niilo.

Piika oli nyt nuori rouva ja parikymppisen teki mieli tanssimaan, olihan Vappu ja Simolla olisi porukkaa koolla. Miehistä ei radiosta kuuluvalle polkalle ollut, joten naiset ottivat tanssiksi tyttöparina. Nuoren rouvan, mökin akan, kuten Pohjanmaalla sanotaan, vatsa hytkyi hyppyaskelissa hikeen asti.

Oli perjantai viides toukokuuta. Nuori mökin akka hinkkaa pyykkejä pyykkilautaa vasten läheisen vesimontun reunalla. Pata on tulilla ja nuotio heittää ilmoille savunsa. Vesi jo kihisee kuumana padassa. Työ keskeytyy. Tulee kiire.

Synnytystä ennakoivat poltot alkavat, nainen rientää tupaan ja toteaa vaarille, että taksi pitäisi saada, taitaa muksu syntyä....

Iltapäivän puhteella puoli viiden aikaan Kalajoen sairaalassa pullahdan maailmaan. Mauri on syntynyt.

Nimi oli nuorikolla valmiina mielessään, jo ennen sairaalaan menoa.

Päivän alku

Keskiviikkoaamu. Havahdun unestani ja vilkaisen kelloa. Viisitoista yli neljä. Ummistan silmäni ja herään puolen tunnin kuluttua uudelleen. Jopas se aika livahti.

Ajatuksiini nousee Riian eilinen viesti. Hän haluaa tyylitellyn maisemamaalauksen rappugalleriastani. Se on korkeimmalla kaikista. Tarvitsen sen hakuun tikkaat. Varastossa on alumiinitikkaat, niillä varmaan yletyn. Nousen vuoteesta. Vielä on turhan aikaista ryhtyä kiipeilemään, siispä avaan läppärini ja katselen aamun ratoksi Salkkarit ja Kaunarit. Ihmissuhdedraamaa riittää.

Tänään on siskoni syntymäpäivä. Laitan hänelle meseviestin, jonka koristelen ruusuilla. Kurkistan samalla hänen Facebook-sivuilleen ja huomaan onnittelujen suman ja hauskan kuvakertomuksen eilen etukäteen vietetystä ystävien tapaamisesta. Kaunis kakku.

Puen maiharihousut ylleni ja heitä fleesen hartioille. Muovikengät jalkaan ja pihan poikki varastolta alumiinitikkaita hakemaan. Hilaan ne eteiseen ja keinottelen ovien kanssa, kunnes lopulta onnistun saamaan tikapuut eteisen seinän nojalle. Kiipeän lähes kolmen metrin korkeuteen ja otan taulun alas.

Huomaan hämähäkin verkot katossa ja nurkissa. Eikä pölykerroskaan vähäinen ole. Päätän siivota samalla. Vaikeita paikkoja siivota, mutta on se komea tila, tauluja kattoon asti.

10

Keltainen

Muistan sinut ja keltaisen
Muistan hymysi ja huultesi värin punaisen

Muistan, että istuit lähellä ulko-ovea ja näytit neuvottomalta. Vilkuilit sisätilaan ja minusta tuntui, että olisit halunnut paeta ulos. Ylläsi oli keltainen kesäkolttu. Siinä oli sievät vaaleat luunapit. Ihastelin niitä ja keltainen mekkosi hehkui lämpöä kuin aurinko, joka kurkisti juuri silloin ikkunasta.

En muista istuitko yhä penkillä
kun ajatukseni laukkasivat
en tiedä missä, en muista

En muista milloin olit lähtenyt paikaltasi. Paikkasi oli tyhjä, mutta niin oli moni muukin tuoli. En muista oliko niillä istunut kukaan. Varmaan oli, mutta miten tuo ihana tunne katosi. Mihin katosi se keltainen. Nyt minusta tuntuu, että vanhenen, en muista mikä oli se keltainen, joka sekoitti sydämen, vai sekoittiko. Kummallista. Istuitko sittenkään penkillä. Ehkä kuvittelin. Näinköhän unta.

11

Tiedän sen talon
Tiedän sen oven
Tiedän, että se oli

Tiedän, että tuvassa oli erityisen painava ovi. Minusta sen avaamiseen tarvittiin aikuinen. Jos kysyt miksi, niin silloin, kun olin poikanen, en jaksanut sitä avata. Kerran yritin ja satutin sormeni niin pahoin, että kynsi meni mustaksi. Nyt tiedän varoa. Nyt olen jo aikuinen ja ovetkin tuntuvat kevyiltä. Avaaminen on helppoa ja huoletonta.

En tiedä asuuko siinä talossa vielä joku
Siinä talossa oli jännittävä ilmapiiri,
en tiedä miksi

En tiedä kurkistiko aurinko sisään ikkunasta oikeasti. Muistan vain kuinka ihastelin valon huikaisevaa kirkkautta. Missään muualla en ollut sellaista nähnyt, en vieläkään. En tiedä miksi. En oikeastaan ymmärrä, mistä se tunne syntyi. Miksi nyt koen sen näin suuresti. Eihän auringonvalon pitäisi olla sen kummallisempaa kuin sateen harmaa. Mutta sinä päivänä valolla oli suurenmoinen vaikutus. Jäi muistijälki, en tiedä miksi, se on keltainen.

Uskallanko muistaa väärin
Olisiko se sittenkin oikeaa

Uskallanko unohtaa sinut keltainen vain siksi, etten aina muista tarkasti. Sitä usein pohdin. Pohdin alati, kun minua vaivaa se kadonnut, jonka kuitenkin tunnen. Kadonnut pieni, kaunis, joka kurkisti painavaa ovea, aivan kuin olisi halunnut paeta. Mielikuvissani vilahtaa lyhde tuvan orrella ja olkihimmeli ja katse, joka harhaili. Oliko se hetki sittenkin oikea. Olihan se oikea. Yhäti on se himmeli, keltaolkinen himmeli, kesät vintillä, siellä on se keltainen mekkokin.

Rohkenen
Tiedän, että uskallan

Yhäti palaan muistikuviin niiltä vuosilta. Rohkeasti pohdin kaikkea mahdollista keltamekkoisesta. Mietin, minne hän meni, miten eli ja oli. Kenet kohtasi. Oliko hänen tiensä aurinkoinen. Edes sen hetken verran, jona hänet muistan, keltaisen.

Rohkeasti kuvittelen hänet isoksi. Ajattelen hänen saaneen pieniä salaperäisesti hymyileviä lapsia. Pukiko hän tyttärensä kauniiseen keltaiseen kolttuun, ehkä pojan keltaiseen paitaan, jossa on auringonkeltaiset napit. Luunappeja niiden täytyi olla.

13

Olipa kerran

Olipa kerran, ihan vähän, vain sen verran, että näkyi.
Se oli, se vaan oli, ja ihan vähän näkyi.
Moni sitä on käynyt tiirailemassa vain kerran, pettyneitäkin on, kun
näkyy vain vähän.
Se oli silloin kerran, vähän aikaa tästä, todellisessa elämässä.
Tapahtui sitten, että satoi vettä. Silloin näkyi jo enemmän.
Ja se, jota näkyi aluksi vain vähän, se alkoi kertoa: "Olipa kerran
aika, jolloin minusta näkyi vain vähän ja nyt, kun olen suuri, näkyy
paljon paljon enemmän, mutta mikä surullista, aikaa nähdä on vain
vähän ja aina tarvitaan satavaa vettä".
Näin kertoi se, joka kerran oli pieni ja jota näkyi vain vähän.

Niinpä aina, aina kun sataa, muistan sadun, joka alkaa sanoilla
Olipa kerran*, sillä silloin on mahdollista nähdä sateenkaari.*

14

Aake Mustonen Graffiti 3, canvas 40 x 30 cm, 2021

Eri mieltä

Kaksi tuttua kohtaa toisensa paikallisen lähikaupan edessä.

– Täytyy laittaa tää kasvomaski, kun meen tonne markettiin.

– Ai miksi, mitä hyötyä, turhaa vouhotusta!

– Otan tän viruksen vakavasti, se uhkaa ....

– Ja kissinpissit, joku lahopää taas keksinyt bisnestään varten tänkin.

– Tuskinpa vaan.

– Joo joo, kato nyt joka paikassa myydään käsidesiä ja maskeja. Bisnestä ne vaan haluu ja rahat pois. Hallituskin mennyt tohon halpaan. Virkamiehet vaahtoaa ja saa lisää rahaa sairaaloille. Kyllä se tiedetään. Höpöhöpö touhuu.

– Ei tätä kukaan ole tahallaan aikaan saanut. Virukset on ihmistä ovelampia.

– Ootsä ihan dille, uskoo nyt kaikkee soopaa. Mäkin oisin sen jo saanu, jos se olis oikeesti totta. Vaan ku ei näy tarttuvan.

– Mä nyt kumminkin suojaudun. Ei oo kivaa jos mutsi tai mummikin saa pöpön.

– No luuleksä tosiaan, että pikkunuhasta on jotain haittaa.

– En luule mitään, ennakoin tilannetta ja otan sen rokotteen heti, kun sen saa.

– Mä en ota!

– Mä haluun varmistaa, etten ainakaan mä, tahallani ketään sairastuta.

– No sä oot sä, aina ollu semmonen mammanpoika.

– Tuntuu kuule vähän siltä, että pelkäät rokotuksia. Kukahan se on mammanpoika.

16

– No sä oot ihan ku Aku Ankka, touhuut noitten maskien kanssa, sekoot vielä.

– Parempi varoa kuin katua.

Keskustelun toinen osapuoli pukee maskin kasvoilleen ja jättää keskustelukaverin poistuessaan sisälle markettiin.

Toisella tapaamisella keskustelu jatkuu

– Tiesitkö että koronarokotteessa asennetaan siru, jolla voi seurata rokotettua!

– Hullu väite, kuka nyt minua, vanhaa äijää seuraisi.

– Olethan sä vielä ikäiseksesi viriili, tiedä mitä se siru sustakin saa vielä selville.

– Kaikkea ne vinosilmät keksivät, sekin terveyskeskuksen tuontitohtori varmaan...

– Olispa siinä sirussa kamera, niin tohtori kerran unelmoi...

– Voi kauheeta, minä eilenkin olin ihan Aatamin asussa saunan pukuhuoneessa. Kamera...

– Mietipä sitä, en minä vaan haluaisi näyttäytyä sirukamerassa!

– Ei ne mitään sirua .....

– Kyllä kyllä, persutkin on sitä mieltä..!

– Mitäs tähän politiikkaa sotket, rokote suojaa pöpöltä...

– No mitäs siellä saunassa sitten ois ollu nähtävää?

17

– No ei yhtikäs mitään, tyhjä sauna, kokeilin peilin edessä uusia boxereita.

– Nyt ne kiinalaiset tietää mistä maasta teet kalsareiden verkko-ostoja

– Höpö höpö, onko sulla muuten koronarokotus?

– On, on, niitä on jonoksi asti tarjolla työpisteessä.

– Ai jaa, vahtaatko rokotuksen ottaneiden olohuoneisiin, et kai vaan nähnyt mua eilen?

– On tullut piikitettyä niin monta, ettei niiden perässä ehdi ketään vahtaamaan.

– Huh, kaikkea sitä kuulee, että sisar hento valkoinenkin jo siruilla kyttää vanhoja ukkoja ja erityisesti se, että ittekin olet melkein jo eläkeukko....

18

Kaikki keväät

lukuisat

eivät edellytä muistoja

kuljettavana on
pitkä elämän silta

nyt oppaana
on dementia
unohduksen onni

joka saapunut on
hoitajan kaavussa

Aake Mustonen Graffiti 4, canvas 40 x 30 cm, 2021

Ikkunanäkymä

Ikkunani on horisontaalinen, myös horisontaalisesti kaksiruutuinen, puuosiltaan valkoiseksi tehdasmaalattu lämpöikkuna, kotitaloni toisessa kerroksessa.

Ikkunan ulkopuolella sen oikeasta kulmasta pingottuu tien yli kierteinen sähkölanka kestopuiseen pylvääseen, jonka lakea koristaa pyöreä peltinen suojahattu. Pylväs on jäänne pari vuotta sitten puretusta sähkölinjasta, joka kaapeloitiin ja upotettiin maahan. Talomme kohdalla talojohto jäi tien toiselle puolelle, tolppaan, josta se kiinnittyy tämän talon seinään. Oikealta näkymään kurkottavat porrastetulla pihalla ylempänä olevan lehmuksen oksat, jotka ulottuvat korotetulta piha-alueelta alapihalle, turvekattoisen, tummaksi maalatun, ruutuikkunaisen ja pariovellisen roska- ja postikatoksen lähelle. Katoksen vieressä on aurattu yksityistie ja sen takana avautuu laaja peltoaukea ja näkymä kauas kilometrien päähän. Aluetta halkoo pelto-ojien verkosto, ja niiden varsilla uhmakkaasti joka vuosi uudelleen ja uudelleen kasvuunsa pyrähtävät pajupensaat.

Pelloilla on jäänteenä menneestä ajasta pari punaiseksi maalattua latoa ja etäämpänä maatilan viljakuivuri. Siellä täällä kasoissa paalattujen heinien valkoisia kääröjä. Voimalinjan pylväät johtoineen johdattavat katseen peltoaukean reunustoilla olevien taloryhmien yli metsäisille mäille, jotka etäisyydessä piirtyvät sinertyvinä harmaata taivasta vasten.

Kaakosta nouseva lumisade on alkamassa ja heittää harsonsa etelän suunnalle. Isonpellontiellä etenee punainen auto kohti Kurun kylää.

Huoneessa

Tiedättehän vanhan talon maalatut lautalattiat. Minulla on tässä allani sellainen. Kun muutin tähän taloon, ensitöikseni maalasin lattian punaruskeaksi. Myrkynvihreä, joka oli muotia 1980-luvulla, sai väistää. Lattiaa reunustavat komeat puulistat, ne ovat kuin kehys raidallisille rättimatoilleni, joiden hillitty kuosi toistaa lautalattian punaruskeaa väriä. Matto on Ristijärvellä asuvan miniäni äidin kutoma.

Istun runsaan puolikuun muotoisessa, tumman ruskeassa nahkatuolissa. Sen poimin matkaani Kuopion Askosta, asuessani Kuopiossa vuosituhannen vaihteessa. Tuolin edessä on rahi, yhdessä ne muodostavat ovaalin muodon. Tuolit ovat saaneet satoja osumia kissojen kynsistä. Tuolini vieressä on metallinen jalkalamppu, jossa on halogeenivalo, tarpeellinen käsitöitä tehtäessä ja lukiessa. Tärkeät kalusteet ovat myös pöytää markkeeraava iso arkku ja käsityövälineet sisältävä pienempi arkku, jonka metallinhohtoisessa kannessa on teksti: LIFE.

Nahkainen tuolini on nurkassa, jonka seinä on pystylaudoitettu ja maalattu valkoisella maalilla. Tässä nurkkauksessa on seinille ripustettuna yhdeksän kehystettyä mustavalkoista tussipiirrosta, jotka tein lomamatkalla Gran Canarialla. Vastapäisessä kulmauksessa seinää koristaa edesmenneen ystäväni Elinan osittain sormin maalaamat kaksi teosta, joista toisessa on omenia ja toisessa sininen alaston. Mallina siinä on ollut Seppo Fränti, nykyisin kuuluisa taidemesenaatti, joka lahjoitti keräämänsä taidekokoelman nykytaide-museo Kiasmalle.

Taulujen alapuolella on ruskeaksi petsattu kolmiosainen senkki, joka on säilytystila kirjekuorille, korteille, postitustarvikkeille, ja kirjoille sekä maalaustarvikkeille.

Aamun varhaisia tunteja ja auringonnousua

Pidän aamun varhaisista tunneista. Herään päivään helposti ja olen heti valmis toimintaan. Harvoin kuitenkaan ryntään ulos kuten ta-kavuosina, jolloin minulla oli iso serobi ulkoilutettavana. Aamuisin energiaa riittää ja aivot kaipaa sanallista keppijumppaa, siksipä heti kohta herättyä kirjoita runon tai pari Facebookin ryhmään. Keväällä, kesäisin ja vielä nytkin syksyllä on mukava seurata auringon nousua ja sen tuomaa taide-efektiä maisemassa. Sitä kuinka se näin syksyllä kutittelee aamu-usvaa loitommaksi paljastaakseen silmilleni kynnös-pellot ja jo kylvetyt sarat.

Useimmat ystäväni näkevät aikaiset aamuni aivan toisessa valossa. Hulluksikin joku on maininnut. Ja itsensä tehostamisestakin on mai-nittu. Useampi on todennut, että pitää nukkua pitkään, jotta saa riit-tävästi lepoa. Kovin ihmettelevät, kun kerron astuvani marketin

23

ovesta lähes seitsemän kilometrin kävelyn jälkeen jo pian yhdeksän jälkeen.

Onnekseni löytyy myös muita aamuihmisiä, jotka joudumme jo puolenpäivän aikaan toteamaan, että on päikkärien aika. Tunnin parin tirsat, mikä sen maistuvampaa. Kukin tahollaan.

Huoneen vankina

Huoneessa on kissa, koira ja minä, ja ainakin sata kärpästä liimautuneena läpinäkyvään kärpästarraan ikkunaruudussa. Siinä ne ovat kuin mustat pilkut leppäkertun selässä, osa vielä sinnitellen hengissä ja siipiään epätoivoisesti päristäen. Surinaa se on korvissa. Mitähän ne mahtavat ajatella. Ovat pulassa.

Kissa nukkuu. Koira nukkuu. Minäkin yritän nukkua, mutta unentulo on häiriintynyt kärpäsarmeijan surinasta. Tekisi mieli nousta ja nirhata joka ainoa, mutta kun ei pysty. Selkä on jumissa. Vihlaisee niin vietävästi joka käännökseen. Vanha vaiva, toistuu ajoittain, mutta ei ole riittävä, jotta kirurgin puukolle kelpaisi. Toivon, toivon sydämestäni ja haaveilen että kelpaisi.

24

Aake Mustonen Graffiti 5, canvas 40 x 30 cm, 2021

Kesäterässä

Seinällä naula. Naulassa Viikate.
Naulassaan joutavana lähes vuoden roikkunut,
pinta ruosteessa, odottamassa
joutilaan puuhakkaita käsivarsia,
väkeviä kouria tarttumaan varresta,
nostamaan olalle ja lähtöä leikkaamaan apilaa niityllä.

Kehnosti kasvu kaatuu, punapäät lakoon
päivänkakkaroita mukana
sitkeät varret mutkalla,
eivät irtoa.

Rykäisee voimanpesä itseensä puhtia,
kiukku nousee, puna kohti korvia,
niin nousee myös viikate,
ottaa käsivarsista vauhtia,
kulma loivenee leikkauskulmaksi matkalla.

Vaan on kesäterässä mokoma.
Silti kaatuu apila.

Henkilö

Tenho Tarmo Tobias Tyrnävä, 48, roteva ja länkisäärinen mies. Epä-
siisti parta rehottaa pesemättömissä kasvoissa ja silmillä roikkuu ras-
vaiset pörröiset hiukset, joiden keskellä kalju päälaki. Hatunreuhkan
korvikkeena päässä on aurinkolippa, joka painaa hiustupsuja vasten
ohimoita ja osa pehkosta piilottaa esiin pyrkivät hörökorvat. Leveillä
harteilla on monta likaa nähnyt kauhtunut sarkatakki, jonka rinnuk-
silla eilistä, ryytynyttä kaurapuuroa. Takin hihoista esiin tunkevat
valtavat kourat, joiden armoitettu kruunu ovat mustat kynnen aluset.
Pussihousuisen äijän viimeistelee 1990-luvulla hankitut, moneen ker-
taan paikatut kumiteräsaappaat. Kansakoulun käynyt Tenho puhhuu
levveetä savvoo. On muanvilijelijä, jolla peltoo ja mehtee enemmän
kun kirkonkylässä kellään. Savolaisuus on mahtavoo. Syö kalloo ja ta-
lakkunnoo aina samasta pesemättömästä kiposta.

Silta

Mies toivoo tänään pääsevänsä ratkaisuun mieltään painavassa asiassa. Jokea ylittävä silta on vanha ja rapistunut. Hän näkisi mielellään uuden sillan ja sen kantavan omaa nimeään. - Oton silta. Mies astuu askeleen lähemmäs ikkunaa ja katsoo vanhaa siltaa.

Isoisä oli mukana rakentamassa tuota lahoamassa olevaa joen ylityspaikkaa. Jokiuoma on aikojen saatossa rehevöitynyt. Joskus vuosia sitten siinä uitettiin tukkeja.

Mies muistaa nähneensä unessa itsensä tukkilautalla tuon sillan alla. Ovikello soi. Hän rientää avaamaan ovea.

- Terve naapuri, mukavaa että ehdit tulla, olisi ehdotus!

- Niin ajattelin, kun pyysit käymään, että jotain suurempaa kuin aamukahvit olis tulossa.

Hän pohtii naapurinsa sopivuutta siltaprojektissa. Onhan hänellä se kaivinkone. Niin ja iso betonimylly, luulenpa että osaa raudoitushommatkin. Kaivinkone pitäisi tuoda pihaan toista reittiä, kun silta ei kestä. Hän on epäileväinen naapurinsa rehellisyydestä.

Miesten keskustelu päättyy puolen tunnin jälkeen. - Kättä päälle, naapuri. Tehdään se. Naapurin mies tuoksahtaa pihalle. Voihan tuo naapuri hämmästyä, kun kuulee työn lopussa, että sillasta tulee nimeäni kantava Oton silta.

Aamulla pihalla

Aamuhetki keväisellä jääpoltteen raiskaamalla pihanurmikolla tuntuu kostealta kasteisen yön jälkeen, usva huntuilee vielä läheisessä koivikossa, jonka ilmettä pehmentää lehtien puhkeamista edeltävä hento viherrys.

Reiska saksii kuivuneita oksia ränsistyneestä tuhkapensasaidasta vanhoilla vihreäkahvaisilla pensassaksilla.

-Alakaa olla jo vanahoja nämä tuhkapensaat, pitäskö kaivaa ylös, mutta mitä tilalle, menis varmaan uusix kaikki, niin mitä tilalle, kivat nämäkin olis, meniskö vielä muutaman vuoden.

- Mitä turhia, tokaisee Martta

Portista pihaan syöksyy 1960-luvun viistoperäinen Anglia, pönäkkä kuljettaja avaa oven ja pihalle syöksyy kolme pientä terrieriä vimmatusti haukkuen.

Martta muistaa kissat, jotka ovat takapihalla häkissä ja lähtee juoksemaan niitä kohti, mutta kompastuu talon nurkalla tyhjään vesiämpäriin, kaatuu ja ämpäri kolahtaa äänekkäästi kirskahtaen valkeaksi maalattuun vesirännin syöksytorveen.

Sumu hälvenee ja nouseva aurinko tulee esiin usvan takaa, valaisee pihapuut, pensaat, nurmikon ja ämpärin.

Tällä viikolla (22.-28.2.2021)

Erityisen suuren huomion kohde viimeisen viikon aikana on ollut avaruusluotain ja mönkijä Marsissa. Kun katseli videota laskeutumisesta ei vältytty hiekkapölyltä. Ei muuten säästytty täällä Suomessakaan, sillä Saharan hiekkamyrskyjen jäämiä leijui talvisille hangillemme asti.

Kalliontietä tallustellessa ajattelin, että onpa hiekkakuormassa ollut kuivaa hiekkaa, kun noin ohuena peittoaa kinoksia. Päästyäni kotiin ja herättyäni päiväuniltani, huomasinkin uutisvirrassa mainintoja hiekkalaskeumien syystä. Siitä jo riemuitaan, että lumet sulavat nopeammin.

Lapissa pandemian riemuvoittoja edesauttavat etelän hiihtoturistit. Vaaroista on varoiteltu, mutta eihän suomalainen usko useamman kuukauden ajan pandemiaan kohdistuvasta uutisoinnista huolimatta.

Ilon ja riemun päiviä olen kokenut kirjoittamalla ja myös ystävämme Leenan saatua ensimmäisen runokirjansa painosta. Kirjaa lukiessa tulivat palvelutalojen riemut nautittua jo etukäteen.

Pitääkö olla huolissaan

Eiväthän hajonneet Nokia-kumisaappaat kovin hyvää kuvaa anna, varsinkaan jos ne on hankittu työkäyttöön. Erityisen ikävää on, jos ei löydä samaa Nokia-mallia ja väriä, jota työkaverit käyttävät, koska kyseessä saattaa olla yritys, jolle työntekijöiden esiintyminen Nokia-kumisaappaissa on yrityskuvallisesti tärkeää ja kuuluu brändiin. Ovathan Nokia-saappaat pakollinen työasun osa.

Huolenaiheen esittäjästä voisi päätellä, että kyseessä on pidetty ja vastuuntuntoinen työntekijä, joka kantaa huolta talossa nousseista Nokia-saapaskuluista. Vaikka kysyjä ei avaakaan työuratietojaan, saappaiden kuluminen saattaisi viitata kysyjän ammattitaitoon ja kehittymiseen. Harjoitteluaikana, jota kyllä pidän kovin pitkänä (15 vuotta), saappaat yleensä kuluvat hitaammin, kun työtahti on verkkaisempi ja opetteleva. Nyt kun taitoa on tullut lisää Nokia-saappaita, kuluu enemmän. Kuluminen kielii paljosta liikkumisesta. Sitä voisi selittää mahdollisesti tapahtunut yrityksen saneeraus ja toiminnan jatkuminen ja siihen liittyen hyvälle työntekijälle uusia tehtäviä tehtäväkuvan laajentamisen vuoksi. Luottamusmies varmaan sanoo: On tullut niin paljon lisää töitä, että pitää tukka putkella juosta.

Mutta olettamukset sikseen.

On asiassa valoisampikin puoli. Nyt saappaat uusitaan vajaan neljän vuoden välein. Sehän on kuin mojova palkan korotus. Ja jos seuraava saapaserä on jo tilauksessa, voisi arvella, että työtä riittää toistaiseksi. Se on hieno asia nykyaikana. Ei pidä olla huolissaan. Ainakin yhdet saappaat on vielä tulossa.

31

Ei minusta olisi

Kyllä minulla lihaveitsi kädessä pysyy ja mielelläni brassailen veristen pihvien ja maksapihvienkin leikkaamisella. En ole mämmikoura niissäkään hommissa, ja moni liharuokalaji on käsieni kautta valmistunut, mutta vaikka tekeminen kuinka kovasti houkuttaisi, ei minusta lääkäriksi olisi.

Elävän ihmisen käsittely on hieman eri juttu kuin kuolleen sian, naudan tai kanan. Tuore maksakin kylmänä on helppo käsiteltävä, jos sitä vertaa ihmisen avattuun ruhoon.

Vastassa on uskomattomat näyt ja tuoksut. Tiedättehän. Syömisen tulosten tuoksut ovat omaa luokkaansa, saati sitten avattu ruho, jonka avanteen reunoilla erilaiset nipistimet ja levittimet pitävä auki aukkoa, jossa elimet sykkivät ja sydän pumppaa punaista verta kiertoradalleen.

Siitä on romantiikka kaukana. Ei hetkeen tule mieli koristella lausetta sydän hymiöllä.

Aake Mustonen Graffiti 6, canvas 40 x 30 cm, 2021

Lähdön aika

Hän istuu taas peilipöytänsä edessä ja tuijottaa kuvaansa. Meikki-
pussi on avoinna ja hiusharja törröttää esillä kuin reimari merellä.
Harjassa on huomiota herättävä värinsä.

Näen miten hän siirtää katseensa käsiinsä. Ne ovat turpeat ja siniset.
Surullista. Ajattelen, että hän varmaan maalaa kyntensäkin mus-
tiksi, niin uhmakkaasti kädet ovat mustelmilla, kuten kasvotkin eili-
sen mukiloinnin jäljiltä.

Kipu viiltelee ohimoissa ja kädet eivät kestä kosketusta. Hän katsoo
taas kuvaansa peilistä ja miettii ettei tälle tule koskaan loppua, jota-
kin on tehtävä. Monet kerrat hän on toivonut, että ne lyönnit loppui-
sivat ja kerta olisi viimeinen. Yhtä monesti hän on antanut lyöjälle
anteeksi ja hyväntahtoisesti luottanut, että vakuuttelu viimeisestä
kerrasta pitäisi paikkansa. Eilen se toistui jälleen.

Hänen kumppaninsa saapui kotiin täysin holtittomassa kunnossa ja
se pahin tapahtui. Mielen maltti petti ja nyrkit heilahtivat.

Hän katsoo kuvaansa peilissä, nousee, ottaa matkalaukkunsa ja läh-
tee. Paluuta ei ole.

34

Jos sitä ei tee

Heräsin aamulla varhain, kuten aina. Herätyskelloa en tarvitse, kun biologinen kelloni herättää. Niinpä nousin, puin ylleni arkivaatteeni, ne samat ovat kyllä usein pyhinäkin, ja tepastelin raput alas. Onneksi eteishallin katossa on tutkavalo, joten rapussa kulkeminen pimeälläkin on helppoa.

Alhaalla kaksi mustavalkoista kissaa, pian kuusivuotiaat, ovat vastassa. Ne ovat tottuneet saamaan aamuaterian heti herättyäni. Ryhdyn toimeen, nostan ruokakupit pöydälle ja avaan kaapin, jossa kissojen ruokaa säilytetään. Avaamaton täysi laatikko annospusseja ja lisäksi yksi hyllyllä. Päätän avata laatikon, jotta seuraavalle aterialle ovat annospussit helpommat noukkia.

Jos sitä ei tee itse, se ei tule tehdyksi. Asuinkumppani kun on matkalla vielä pari päivää.

Laitan ruoan kuppeihin ja kissat kiehnäävät malttamattomina jaloissani, kunnes ryhtyvät ahnaasti aamuaterialle.

Ajattelen joka päivä...

Ajattelen joka päivä kissoja ja kissan ruokaa ruokakupeissa ennen kuin ne alkavat syödä ja senkin jälkeen, kun se on muuttunut uloskannettavaan muotoon.

Ajattelen joka päivä kirjoittamista, runojen syntyä ja sanojen leikkiä aivoissani, joista käsi saa kehotuksen kirjoittaa riimeillä tahi ilman.

Ajattelen joka päivä ulos lähtemistä ja kun lähden, mietin, miten hyvä on liikkua ja nähdä tämä toisille pirullinen talvi omasta näkövinkkelistä, lähes palvottavana ihanuutensa, vaikka lapiota heilutellen.

Ajattelen joka päivä sukkapuikkojen kilistelyä, langan väriä ja sen luonnetta kääriytyessä silmukaksi, milloin puisen, milloin metallisen puikon ympärille ja lopulta kudotuksi pinnaksi sukan varressa, kantapäässä ja jalkaterästä.

Ajattelen joka päivä lounaan aikaan vaihtoehtoja, joita nauttisin, mikä sopisi salaatin lisukkeeksi tänään, ehkä purkkiin ahdetut muikut tai silakat, jotka lasin takana ovat solakasti ryhdissä kuin nuoret sotilaat vääpeli karjahduksen jälkeen.

Ajattelen joka päivä, ajattele, ajattelen monia asioita ja mietin synonyymejä sanoille, kun tuntuu varasto hupenevan ja siksi onkin iloiteltava sanat toiseen muotoon paperille murteen avulla.

Mitä se ajattelee minusta..

Pian se yksi herää. Minä tiedän. Tiedän myös sen, ettei se kuule kuten minä.

Yöllä minä kuulin surinaa leivinuunin pyöreän tuhkaluukun takaa. Se ei kuullut. Outo juttu. Ääni on uudenlainen tässä talossa. Minä tiedän.

Tuijotin sitä, pyöreää tuhkaluukkua ja kuuntelin surisevaa ääntä taas viime yönä.

Se yksi nukkui taas, kuorsasi, ei kuullut mitään. Mikä hirveä meteli!

Tiedän kyllä, että itse osaan liikkua hiljaa, se ei.

Osaan minäkin melutakin. Joskus kun riemastun, pistän matot rullalle ja teroitan kynsiäni raivokkaasti. Ai että se tekee hyvää. Jopa sohvan kulmaan.

Mutta se surina. Tänä aamuna ääni kuuluu ikkunan suunnalta. Hyppäänpä katsomaan. Kas. Jännä otus. Pyöreä. Mustaa ja keltaista. Olikohan tuo se sama, joka surisi ja pörräsi tuhkaluukun takana.

Nyt se nukkuja tuli tuohon viereen. Se sanoo: - Katsos katti mehiläistä.

Itsetietoinen

En osannut arvata
että kissakin ajattelee
tietää tarkasti tuloni
ennakoi jopa askeleeni
ajoissa - tai myöhään
silloin pyytää paikalle

Haluaa päästä aterialle

Kolme muistoa ja tuoksu

Paistetut silakat tuoksuivat jo ulko-ovelle. Äiti oli mielipuuhassaan, olihan maanantai, kalakauppiaan käyntipäivä. Farmariauto pysähtyi talomme kohdalle, tööttäsi, että täällä ollaan, kauppias ja silakat. Mies kömpi autosta ja avasi takaovet säällä kuin säällä ja hopeakylki-set silakat saivat näyttää kauneimman muotonsa. Äiti kiiruhti pesu-vati mukana autolle ja osti joka kerta reilun erän, joka punnittiin puntarivaa'assa.

Perjantaina pöydällä makasivat suuret pullapitkot. Niissä oli mus-talla kahvilla maustettu pinta ja tavallista hienoa sokeria pinnalla. Ikkunasta tulviva valo heijastui levitettyjen nisujen tummasta pin-nasta. Pullaa sai maistaa illalla ruoan jälkeen.

Savusauna sijaitsi pihan perällä. Punamullalla maalattu hirsiraken-nus, jonka oven yläosaa koristi musta nokinen seinänosa ihan räys-tääseen asti, savun tuoksuinen lauantai istutti koko sakin lauteille ja lumesta sulatetulla vedellä lotrattiin saippuaa tukkaan ja pois.

39

Sisääntulo

Liikennevalot. Pelkääjän paikalta on näkymä yli asvaltoidun risteyksen. Oikealla mäen päällä valtakunnallisen ketjun huoltamo ja ruokakauppa. Edessä tankkauspiste. Tuttu näky, joka kertoo saapumisesta itäsuomalaiseen pikkukaupunkiin.

Auto nytkähtää liikkeelle. Uusi asvalttipinta. Tiehen yhdistyy kaista oikealta, hieman edempänä se erkanee. Uusi muhkea väylä johdattaa korkealle sillalle. Nopeusrajoitus.

Näkymässä sillan rakenteet ja kevyenliikenteen väylän vieressä kaide. Liikenne on hiljaista. Ei yhtään jalan kulkevaa, saati pyöräilijää. Auto kipuaa ylös ja maisema muuttuu lintuperspektiiviin. Molemmin puolin avautuvat upeat järvimaisemat.

Oikealla alhaalla enoni entinen työpaikka, telakka, jossa ennen höyrylaivat viipyivät, huollossa ja lasteja tyhjentäen. Nyt paikalla on vain muutama vene. Vasemmalle avautuu näkymä kauas järven selälle, kun auto lähtee laskeutumaan kohti kaupunkia. Siltavahtien kopit ovat tyhjät. Nyt laivat pääsevät sillan alta, ei tarvitse kiertää kilometrien päässä olevan salmen kautta.

Saavumme autolla liikenneympyrään, josta pääsee kaupungin uudelle ohitus- ja silmiä hivelevälle rantatielle.

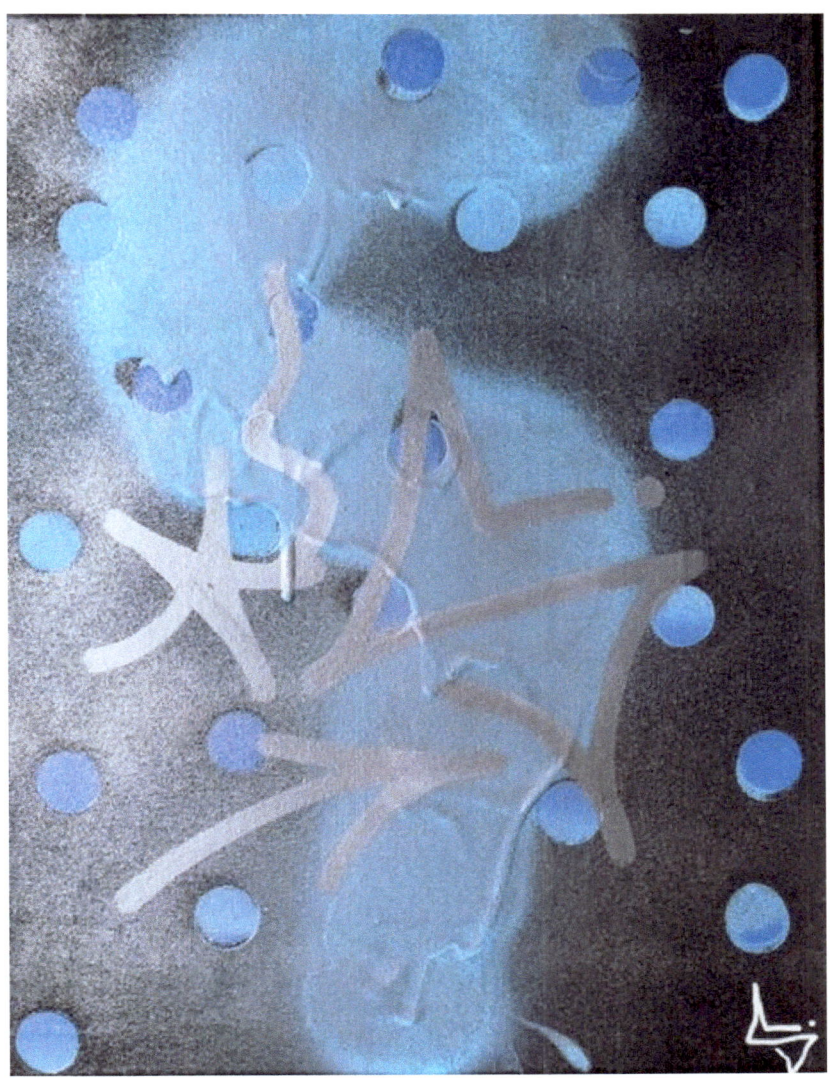

Aake Mustonen Graffiti 7, canvas 30 x 40 cm, 2021

Esiintymisjännitys

Urho seisoo näyttämön edessä, jolle olisi kiivettävä kymmenen puista askelmaa. Taskussa harjoituksesta kyllästynyt ruttuinen runopaperi täynnä taittosaumoja.

Kahisevassa pinnassa sormien hikijälki, puristuksen jäämä ja kulmissa hiirenkorvat.

Urho on mun nimi,

urho, urho, urhoollinen,

runoni, runo, runollinen,

sana, sana, sanallinen,

virkkeet ja riimit ja

kymmenen askelmaa ja

ruttuinen kyllästynyt paperi

runo ja näyttämö,

paperissa hiirenkorvat ja mielessä kesä

Notkea, mainos, nokinen, kirkas, mussuttaa, laulaa, polkea, miettiä

Siinä se on taas ja **mussuttaa**. Ei ole tyytyväinen, kun kädessä on tyhjä **kirkas** lasi. Olisiko hutikassa? Se yrittää **laulaa** ja **polkea** rytmikkäästi lattiaa. Ei taida ajatus olla enää notkea, haluaa **miettiä** pitkään. Sanoo, että on syntymässä **mainos**, jossa **notkea** laulava kirkasääninen tyttö polkee jalkaansa lattiaan **nokisessa** mekossa. Vierellä äiti **miettii**, ja mussuttaa.

Viime yönä

Viime yönä taivaalla oli kuu ja kas aamulla se oli kadonnut pellon yltä, jolla maajussi yömyöhään ajoi traktorilla liitettä. Aamulla herätessä nenä aisti uuden tuoksuvivahteen maalaiselämässä. Se hajua aiheuttava työ toistuu säännöllisen epäsäännöllisesti. Nyt apilan niiton jälkeen lietteen levitys jatkui aamulla kello kuusi.

Kuuntelepa

Kuuntelepa huviksesi
kun lausun sulle huvikseni
tai, jos totta puhutaan

pyrkimys on,
              tosissaan
saada
riimit rimmaamaan

      siis, tosissaan
tahdoin tänne pihalle
istumaan kanssanne
kirjoittamaan tarinoita

ja runoja
        yhdessä niitä lukea
kuulla ja sanottua tulkita

täällä Kirsti Luovan pihalla
      Lappilassa
      uudella pihaterassilla

44

Elämys

Eineskeittiön tytöt olivat taas tulleet varhain töihin. Tulin fillarilla osuusliikkeen takapihalle ja keittiön valot heijastuivat kirkkaina kiiloina takapihan asvaltille. Lihavaraston laiturilla oli iso läjä kuljetuslaatikoita, olivat tukkufirman pojat jakaneet kuormansa. Kohta varaston pojat tulisivat töihin.

Avasin takapihan puolella olevan oven ja menin pukuhuoneeseen. Puin valkoisen puolipitkän takin ylleni ja pistin paperisuikan päähäni. Vilkaisin peilistä, kaikki oli hyvin.

Kiipesin myymälän takahuoneeseen ja otin pienet kärryt esille. Painoin hissin nappia ja työnnyin oven avauduttua rumaan tavarahissiin ja sillä yläkertaan.

Tuttu tuoksu kantautui sieraimiini. Ah. Ja uudestaan ah. Eineskeittiön emäntä oli täyttänyt tarjottimen kuumilla keitinpiirakoilla. Niitä oli ainakin kolmekymmentä.

Joka aamuinen makuelämys oli vain hajumatkan etäisyydellä.

- Näitä lihapiirakoita ei voita mikään, kehuin emännälle.

Pian nauttisin yhden aamukahvin kera alakerrassa myymälän takahuoneen pöydän ääressä.

Mitä pahaa, mitä hyvää kuvassa?

Kuva-aiheessa lapsi pomppii vanhan ja rapistuneen talon makuuhuoneen sängyllä.

Mitä pahaa

Äiti kielsi, mutta en voinut välttää kiusausta. Oli pakko päästä sänkyyn hyppimään.

Se oli niin ihanan lämmin ja joustava. Leikin, että sänky on trampoliini, niin kuvittelin ja ilosta hihkuen pompin sängyllä. yritin niin korkealle, että saisin kattokruunun kristallista kiinni.

Minua ei haitannut, että mummo seinän takana oli sairaana vaikka äiti oli kieltänyt hihkumasta. Mummo on kuin vanha ovi joka repsottaa saranoilla, vanha ja kulunut, kuin tuo kynnys, jota halveksuen katselin, olinhan kompastunut siihen eilen.

Ihanaa, nyt pompin sydämeni kyllyydestä.

Mikä suhina tuo on? Mistä tuo lätäkkö lattialle tuli? Jalkani kastuivat.

Enkä edes pissannut housuun.

Vesisängyn patja on mennyt rikki.

46

Mitä hyvää

Minut on kasvatettu kunnioittamaan perinteitä. Asun mielelläni vanhassa talossa, jossa on kuluneita maalipintoja, kauniita tapetteja ja kristallikruunu. Osaan myös arvostaa liikuntaa ja sänky on oiva paikka pitää kuntoa yllä - vaikka pomppimalla.

Naapurin mummo on sairaana ja on toivonut, että elämänäänet kuuluisivat. Siksipä hihkuen hyppelin makuuhuoneen sängyllä.

Mummo sanoi eilen, että parempi hieman hyppiä kuin kompastella kynnyksiin. Mitä siitä, jos lakanat hieman menevät ryppyyn, onhan mankeli keksitty.

Tuosta tapetista saan hienoja tunnelmia piirroksiin, kuviot rauhoittuvat ja kulunut ovikin näyttää hyppiessä ihan uudelta. Voin kohta istahtaa lepäämään oven suussa olevalle tuolille ja ihailla varjokuvaa peilioven pinnalla.

Ihanaa ettei äiti ole nyt kotona.

Mottoja runoksi

No en kyllä tiedä, onko

kauneus katsojan silmässä

vaikka eläisi ja tekisi työtä ikuisesti

voisiko rakastaa ja haluaisinko kuolla tänään

Joku sanoo, että kyllä tästä selvitään

ja toinen, kyllä se siitä, So what!

Kun taivas on paksussa pilvessä

sydämen ääni on ylempänä muita ääniä

kun uusi päivä koittaa.

Aake Mustonen Graffiti 8, canvas 40 x 30 cm, 2021

Viimeksikin juuri Sam halusi muka puhua sille jotakin keskellä yötä.

Eihän se onnistunut, kun piti olla hiljaa ja toiseksi, kuorsaava papukaija tuskin häntä ymmärtäisi. Sam kuitenkin päätti jotenkin viestiä sille. Mutta miten? Ester olisi raivoissaan, jos hän heräisi. Se ei tietäisi hyvää kenellekään. Sen Sam oli saanut tuta monesti.

Sam hilautui ääneti vuoteesta lattialle. Hän varoi pitämästä mitään ääntä, jottei kävisi niinkuin viimeksi. Viimeksi, kun Sam oli halunnut puhua papukaijalle keskellä yötä, oli Ester herännyt ja heittänyt häntä herätyskellolla.

– Kello, kello, oli papukaija kirkaissut ja yövalot syttyivät.

Ei enää nukuttu sinä yönä.

Vasili oli keskimittainen iloluontoinen mies

Vasili siveli vaseliinia hiertyneeseen polvitaipeeseensa. Oli taas tullut kontattua.

Ei ollut ensimmäinen kerta. Irinan luo oli päästävä. Matka hänen luokseen ei ollut helpoimpia. **Oikotie kulki moottoritien** alitse.

Vaikka Vasili oli keskimittainen, ei hän mahtunut kävelemään moottoritien alittavassa vesiputkessa. Oli pakko kontata.

Naamiaisten kunniaksi Hän oli pukeutunut seitsemänkymmentä luvun tamineisiin ja kontatessa kireät housut hiersivät polvitaipeet auki. Kun hän pääsi lopulta konttauksensa päähän, vastassa oli Irina, joka hymyili hänelle sydämellisesti.

– Tervetuloa Vasili, pieni keskimittainen ilopillerini…
– Kiva kun pääsit perille, nyt se ilo alkaa!

51

Kilo sokeria ja kympin hiiva sen sijaan oli monen kukkaron ulottuvilla.

Vaan minullapa ei ollut, sillä kukkaro oli unohtunut kotona naulakossa roikkuvan takin taskuun. Nolotti.

Olin saanut kiireellisen toimeksiannon kauppaan puhelimitse naapurilta ja innoissani olin luvannut heti kipaista kaupassa.

Marketin asiakasvirta oli tänään ylenpalttinen ja siinä minä häkeltyneenä seison sokerikiloni ja hiivapalasen kanssa. Kassa tuijottaa minua, jonoa, minua, jonoa ja päätyy jälleen minuun. Tunnen poskieni punottavan, kun lausun: "Saisinko tämän velaksi, maksan ensi käynnillä?"

Kassa katsoo ylenkatsoen kohti, katse porautuu aivojeni syvimpiin kerroksiin, kuin nähdäkseen jotakin salattuakin salatumpaa ja toteaa pienen tovin jälkeen lyhyesti: "Et".
"Mutta kun lupasin naapurille...."
"Mitäs lupailet, ei meillä myydä velaksi, eikä ensi kertaan tai ..."

Kassa nappaa hiivan ja sokerin ja asettelee ne hyllyyn vierellään. Sanoo sitten napakasti:
"Ettei vaan kiljua olis ollut tekeillä"

Yön pimeä nielaisu

Tapoihinsa sidottu
kuin panttivanki kahleissaan
hän kulki otsa kurtussa ja
naama mutrussa ohitse
jalokiviliikkeen ikkunan,
jossa oli suuri ja haluttava
kultainen kaulaketju telineessä,
korussa säihkyivät timantit
halogenivalojen loisteessa.

Hän palasi takaisin ikkunan ääreen,
tuijotti säihkyvää kultaketjua
hymynkare suupielessään
pisti kätensä samettihaalarin taskuun
ja kiepautti vehkeensä
toiseen punttiin
ja ajatteli käädyn vaikutusta
tulevan viikon tyttöjen iskukeikalla
ja pyörähti ympäri ja
katosi takaisin tulosuuntaan.

Elokuun yö ei antanut rauhaa
mies pyörsi ajatuksensa keikasta
käveli Aurajoen sillalle
ja katsoi syvää, mustaa jokivettä
huomaamatta kuvajaista
joka uhmakkaasti lähestyi
tuuli oli nostanut sateensuojan ilmaan
ja tovin kieputuksen jälkeen
se lähestyi miestä ilmasta.

Yön pimeä nielaisi varjon,
joki miehen.

Matkalla pohjoiseen

Noitarumpuja kymmenittäin
niiden taianomaista ääntä
kuuntelen päivittäin
asun kaukana, kaukana
etäällä täältä
nyt pohjoisen lumottu piiri
se on osa vaeltajan matkaani

Istun tunturin juurella yksin
muistan kerran, kun sylityksin
Saanan huipulta katsoimme alas
kylää, metsiä, järviä, huippuja kauas
muistojen määrä on runsas

Kuksa kourassani höyryää
nuotiokahvien kyytipoikana tikkuviinaa liraus
maltilla katseeni ylös rinnettä kipuaa
kuukkelin ohilento on vain vilaus
peräänsä katson, en sitä nää
veijari oksantyngässä eväitäni vahtaa

Käy vihuri vinkuen
korvissa tuulenvire soittaa
hörpin kahvinloput suutani maiskuttaen
kuukkeli leiville päästä koittaa
minä sille ymmärtävästi hymyilen
se tietää kyllä, turisti olen

Aake Mustonen Graffiti 9, canvas 30 x 40 cm, 2021

Ensimmäinen asia, jonka muistan

on, että Leena laittoi tänään viestin, että hänellä on ollut tiistai koko päivän. Heh. Aika hyvin. On nimittäin keskiviikko ja Melleriinien kirjoituspäivä.

Olen minäkin joskus sekoittanut ajan ja paikan. Niin kävi 2000-luvun alussa asuessani Kuopiossa. Olin edellisenä syksynä aloittanut somistuksen opettajana Kauppaoppilaitoksen liiketalousyksikössä, jota paikalliset kutsuvat Likuksi.

Oli kesäkuun alku. Koulu oli pian päättymässä ja minä edelleen innokkaana opettajana riensin koululle. Oli torstai ja viikon toiseksi viimeinen työpäivä. Kipusin Kirkkokatua ylös mäkeen, jonka päällä oppilaitos sijaitsee. Tuttuun tapaan menen työhuoneelle pääoven sijaan siivessä olevasta sisäänkäynnistä omilla avaimilla.

Avaan työhuoneen oven ja ihmettele ettei huoneessa ole muita. Yleensä Tapani on ensimmäisenä paikalla. Kurkistan käytävään, ei valoja. Kummallista. Istuudun työpöydän ääreen, käytyäni sytyttämässä valot luokkaan.

Katson kalenteria pöydälläni ja tajuan, miksi koululla on tyhjää: on arkipyhä, helatorstai.

58

Tulen toimeen kaikkien kanssa

– Tulen toimeen kaikkien kanssa, sanoi naapuri.
– Uin kuin kalat vedessä.

Tiedän, ettei hän osaa uida, on monesti pahoitellut asiaa, kun on suunniteltu yhteistä ajankulua ja retkeä läheiseen saareen. Mietin tuota monikossa ilmenevää kalat sanaa. Mietin. Mietin miten se uiminen olisi mahdollista. Asiaa ehkä auttaa se, että hän sanoo tulevansa toimeen kaikkien kanssa.

Niin. Miten muut sitten tulevat toimeen hänen kanssaan jos hän ei osaa uida? Siinäpä kysymys, jonka hänelle oitis esitän. Sen kuultuaan naapuri katsoo minua hämmästyneenä.

– Matka saareen ei ole kovin pitkä.
– Kyllä ne muut kaverit minut sinne hinaavat vaikka moottoriveneen perässä.
– Mitä sitten, jos välillä olen upoksissa, eiväthän kalatkaan pinnalla ui ja sinne saaren rantaan ne aina löytävät, miksi en minäkin.

Neuvokas kaveri, ajattelen. Ja tulee toimeen kaikkien kanssa.

Aake Mustonen Graffiti 10, canvas 40 x 30 cm, 2021

Kenkieni tarina

Halpamyymälän lattialla oli pino pahvisia kenkälaatikoita. Pinon vieressä toinen pino ja pinoja tuntuiriittävän ymmälle asti. Seisoin ja tuijotin ymmärtämättä miten edetä, kunnes myyjä kipaisee luokseni ja kysyy:

– Voinko auttaa?
– Todellakin voit, tarvitsen kengät, tokaisen.
– Millaisia olet ajatellut?
– Kävelykengät, sellaiset, joilla voi kulkea myös maastossa.
– Minkä kokoiset, taitaa olla 44, 45, ,,,, toteaa myyjä ja katsoo arvioivasti jalkojani.
– 46, totean.
– Odotas hetki, sanoo myyjä ja kipaisee kaupan toiseen päähän.

Hän palaa mukanaan kolme paria merkkipopoja.

– Tässä olis Salomonit, Pomarit ja Reikerit, haluatko sovittaa jotakin näistä, kaikki ovat neljäkutosia.

Minä istahdan lattiarahille ja kenkälusikoin jalkojani kenkäparien suuaukkoon yksi toisensa jälkeen.

– Ei mahdu, totean.
– Odotas, sanoo myyjä ja minä odotan.

Mietin, tuntuuko sukkamehun löyhkä.

61

Myyjä palaa takaisin ja roikottaa käsissään kotimaisia vanhusten Kuoma-jalkineita ja sanoo:

– Tässä olis 47 kokoiset Kuomat, edellinen löytynyt koko pienempi, se on kokoa 44, joten, tämä pari on ainoa iso
– Sovitan kenkiä.
– Saat näistä pari kymppiä alennusta, jos otat…
– Tehdään kaupat, totean ja kerron taas kerran tarinaa takavuosilta, kärkimonojen ja suksien ostamisesta. Minulla on melko leveä jalka ja niinpä piti ottaa monot numeroa 48, jotka olivat kapeaa mallia, kumisekoitetta ja väriltään siniset.

Myyjä hymyili minulle ja totesi katsoessaan monoja jaloissani.
– Ethän sinä enää suksia tarvitsekaan.

Ymmärtävästi hymyillen myyjä ojentaa minulle muovikassin, johon on pakannut sovittamani viimeiset isokokoiset Kuomat.

Ominaisuudet, ikä, koulutus, työ, perhe, lapsuus, haaveet, elämäntilanne, elämänkatsomus, miten muotoutunut

Johdanto henkilökuvaan

Otto Emil Pankonkoski, 60, syntyi Haminassa seitsemän lapsiseen perheeseen. Hän on sisarussarjan lapsista järjestyksessä kolmas ja toinen perheen pojista. Koko lapsuuden ajan hänen esikuvanaan oli lapsista vanhin, isoveli Atte.

Otolle oli jo varhain selvää kouluttautua isoveljen tapaan lakimieheksi, johon liittyvät opinnot ja myöhemmin työtehtävät lukuisissa yrityksissä ovat muovanneet hänestä tinkimättömän ja rehellisyydestään tunnetun virkamiehen, jota myös vaimo ja kaksi lasta pitävät suuressa arvossa.

Pankonkoski on toiminut vuosikymmenet kotikaupunkinsa talouspäällikkönä ja kaupungin juristina. Sotilaita kouluttavassa kaupungissa hän on tottunut armeijamaiseen säntillisyyteen. Esimiehenä hän on alaisilleen reilu ja vaativa.

Otto Pankonkoski myöntää nuoruudessaan haaveilleensa perheestä ja ainakin yhdestä tyttärestä. Nyt hän toteaakin, että perhe on tärkeä osa elämää ja että Titta-tytär on kietaissut hänet sormensa ympärille.

Vallankamarissa

Pankonkoski istuu kädet niskan taakse nostettuna muhkeassa noja-
tuolissaan työpöytänsä ääressä ja pohtii alkaneen työpäivän aikatau-
lua ja tapaamisia. Eletään kaupungin tulevan budjettivuoden suun-
nittelukauden kuuminta aikaa. Työhuoneen tammisesta ovesta astuu
tänäänkin useampi nöyrää teeskentelevävirkamies rahaa pyytämään.
Onneksi ei sentään karvahattu kourassa, kuten joskus vuosia sitten.

Käsieni kautta on vuosien varrella virrannut rahaa määriä, jota en
urani alussa tullut arvanneeksi, miettii mies. Ja nyt vielä nuo EU:n
tukieurotkin. Niiden kanssa pitää olla tarkan kekseliäs.

Minä Otto Emil Pankokoski otan sinulta EU kaiken mahdollisen,
hän myhäilee kuin uransa huipulla oleva virkamies konsanaan voi ja
kehtaa. Hän silittelee nautinnollisesti alle kolmikymppisenä kaljuun-
tunutta päälakeaan, jolla pienet hennot hiustyngät tuijottavat toisi-
aan kuin jäätyneet korret suolammen reunalla.

Vallankamari. Kuntalaiset ovat nimenneet työhuoneeni vallankama-
riksi. Minulla on valta ja voima. Ja kunniakin alkaa kuulua minulle,
miettii Otto narsistisesti. Tämän kaupungin väki nosti minut hui-
pulle.

– Ei perkele, ei ihmiset, vaan minä itse, mutisee Pankonkoski ja jat-
kaa
– Olen seurallinen, ja parhaimmillani kuin populistinen poliitikko.

Ulkoapäin arvellen Pankonkoski on vahva johtaja, mutta sisimmässään hän tuntee olevansa hellyyden kipeä pieni poika. Hän kaipaa suunnattomasti lapsuuteensa ja äidin hellää kosketusta.

Puoliso, niin rakas kuin onkin, ei omaa toivottua hellyyden osoittamisen taitoa. Kylmät väreet kulkevat pitkin selkäpiitä, kun hän muistaa kovasormisen puolisonsa. Sormet, jotka vaatien kulkevat iholla ja sanat, minä haluan, minä vaadin, minä, minä, minä... loputtomasti minä.

Pankonkoski havahtuu ajatuksistaan, kun oveen koputetaan. Hän ryhdistäytyy, ottaa kasvoilleen virkailmeensä, joka on valmis vaihtamaan tylymmäksi tai pehmeämmäksi riippuen saapuvan asenteesta. Vallankamarissa osataan diplomatian metkut, joilla todellinen luonne kätketään.

Kunpa pieni tyttäreni selviäisi tulevista koettelemuksistaan maailmassa, kun hän niiden turuille aikanaan ehtii, mietiskelee Otto ja vyöryttää silmiensä eteen mielikuvan pikku prinsessasta, Titasta tyllimekossaan.

Mietteet katkaisee ovesta sisään astuva kaupungin varikon päällikkö, diplomi-insinööri Iiro Hörkön raskas ja äkeä olemus.

Ässä hihassa

Neuvottelu Hörkön kanssa on ohi ja mies nousee lähteäkseen. Havahtuu kuitenkin muistamaan mitä vaimo oli kotona aamulla kahvipöydässä kertonut ja kysäisee:
- Onko se johtajan tytär nimeltään Titta?

Pankonkoski yllättyy kysymyksestä ja vastaa vaistomaisesti, että kyllä. Ennen kun hän ehtii sanoa enempää varikon päällikkö jatkaa.
- Eukkoni kertoi, että se johtajan tytär on kuulemma etevä likka, on samalla luokalla meidän Minnan kanssa.
- Jaa on vai....
- Joo niin se eukko sano, oli tullut opettajan kanssa puheeksi, että Minna ja Titta ovat luokan tähtioppilaita. Kavereita keskenään koulussa ja aina puolustamassa heikompia. Yhdessä. Auttavat jos joku on alakynnessä.
- Jaa, vai niin, no se on kiva kuulla. Ei Titta kotona ole mitään maininnut. Jaa että Minna. No sepäs kuulostaa....
- Sanoi eukko, että mielellään kutsuisi, jos kehtaisi Tittaa leikkimään meille kotiin, mutta kun ei tiedetä mitä johtaja siitä ajattelee.
- Öhöm, rykäisee Pankonkoski ja jatkaa, että kun ne tytöt on tuttuja keskenään, niin mikäpä siinä. Leikkimään. Johan nyt toki, lasten pitää saada leikkiä. Titta on minun sydänkäpyni, silmäteräni..
- Jaa että sopisi johtajalle. Lasten yhteiset leikit koulun ulkopuolellakin?
- Kyllä, kyllä. Ja mitäpä jos heitettäis tittelit pois, olen Otto vaan, siis Titan isä Otto, sanoo Pankonkoski ja ojentaa kätensä tarttuakseen Hörkön kouraan.

– *Iiro, Iirohan minä, toteaa Hörkkö ja yllättyy sinunkaupoista sekä mahdollisuudesta kertoa puolisolleen mukavia uutisia. Tuli tuokin toive toteutettua.*

Sinunkaupat syntyivät ja miehet jutustelevat hetken keskenään. Vanhakantainen Vallankamari näkee uuden ajan astuvan seiniensä sisälle. Pankonkoski on pönkittänyt tähän asti asemaansa pitämällä tiukasti kiinni yksityisyydestään, asemastaan ja vaikka onkin ollut virkamiehenä vuosikymmenet, yksikään ei ole päässyt hänen virka-minänsä taakse. Nyt sellainen ihme tapahtui. Aito tunne ja syntynyt tunnekuohu hämmästyttää Pankonkoskea.

–Kieltämättä nämä sinunkaupat tuntuvat mukavalta, miettii Otto ja tulee pohtineeksi voisiko seuraaviakin tulijoita lähestyä tuttavalli-semmin. Olisiko se sopivaa.

– Vai on se minun tyttäreni tähtioppilas. Olipas se mukava uutinen.

–Vetäisi varikon päällikkö, siis Iiro, ässän hihastaan, tuumii Otto ja naurahtaa tyytyväisenä.

Kipeä, Rauhallinen, Pimeä, Vanhahko, Raapia

Olen **vanhahko** mies. Olen tykästynyt metsäpolkuihin Hikiässä, josta tänne Oittiin monesti viikossa askellan. Kävelen usein **pimeässä** taskulampun valossa ja yritän vältellä pahimpia mutalammikoita. Päivällä ihastelen sammalikkoja ja peurojen jättämiä **raapimajälkiä** jäkälien keskellä. Marraskuinen metsä on levollisen **rauhallinen**. Niin minäkin. On onni, että saa olla lähes terve, mitä nyt joskus jalat hieman **kipeät**.

Hetki kesällä (määrätyillä sanoilla täydennettynä)

Sahani on **kesäterässä** ja se harmittaa. Pitäisi katkaista rehevästä salavasta oksa, joka **varistaa** kuihtuneita lehtiään edessäni **kimaltavaan** suihkulähteeseen. Lähteen vedessä **kelluu** lasten äsken puhaltamia **saippuakuplia**, ne ovat lasimaisen kauniita. Ajatukseni harhautuu, mielessä väikkyy **unikuva** toisenlaisesta puusta, sellaisesta, jossa kaikki lehdet ovat **ruosteista** metallia.

Viime yönä

Viime yönä taivaalla oli kuu ja kas aamulla se oli kadonnut pellon yltä, jolla maajussi yömyöhään ajoi traktorilla. Aamulla herätessä nenä aisti uuden tuoksuvivahteen maalaiselämässä. Se haju oli läpitunkeva.

Lietteen ajo on työ, joka toistuu säännöllisen epäsäännöllisesti. Nyt eilisen apilan niiton ja lietteen aloituslevityksen jälkeen työ jatkui. Kello kuusi aamulla.

Pieniä tarinoita ja runoja

Kirjoitusryhmä kokoontuu

Kirjaston aulassa, oven vieressä, on pöytä katettuna.

Kaksi tomeraa vapaaehtoista on taas leiponut korvapuusteja, mokkapaloja, kakkupaloja, pitsaa, kinkkupiirakkaa, sienipiirakkaa ja keittänyt termarin täyteen kahvia ja teetä.

Kahvikupit ja asetit ovat sievässä pinossa servettikorin vierellä odottamassa mahdollisia asiakkaita, sillä on keskiviikko ja lehtikahvilan aika. Kello lähestyy kahta iltapäivällä.

Kirjaston ovesta astuu yksitellen kirjoitusryhmäläisiä Melleriinien keskiviikkoiseen tapaamiseen. Ryhmä kokoontuu kahden viikon välein. Rytmi on aikanaan muotoutunut vuorotyössä olleen henkilön toiveesta.

Illalla kokoontumisesta on siirrytty eläkeläisille sopivaan päiväkokoontumiseen, mikä sopii myös ryhmän vetäjälle, Anulle.

Kassit, nyssäkät ja ulkovaatteet löytävät paikkansa neuvotteluhuoneen naulakosta ja tuolien vierustoilta. Pyöreän pöydän ääreen istahtaa joukko kahvikuppeineen ja leivonnaisineen, nostelee esille vihkojaan, kyniään ja osa tietokoneitaan.

On kuulumisten aika. Ennen kirjoitusaiheita jutustellaan ja kuulostellaan maailman menoa, kokemuksia, sattumuksia ja inspiroituen vapaudutaan tulevaa kirjoitushetkeä varten. Joku on innostunut kotona kirjoittamaan ja kysyy lupaa saada lukea tekstinsä. Se ilolla suodaan.

Ryhmän jäsenet tulevat eri puolilta kuntaa ja osa naapurikunnistakin. Melleriinit: Marja, Leena, Saara, Helena, Mauri, Kirsti, Kirsi ja Anu ovat valmiina, ovi sulkeutuu ja ryhmä ryhtyy kartuttamaan kirjoitettujen sanojen ja tekstien varastoaan.

Pieniä tarinoita ja runoja